Fuzelier

LES VACANCES DU THEATRE.

OPERA COMIQUE.

Representé à la Foire saint Germain
de l'année 1724.

Le prix est de vingt sols.

A PARIS,

Chez
GUILLAUME CAVELIER, au
Palais, dans la Grand' Salle.
NOEL PISSOT, Quay des Augustins,
à la descente du Pont Neuf, à la Croix d'Or.

M. DCC. XXIV.

AVEC APPOBATION ET PERMISSION

ACTEURS.

THALIE, Muse de la Comedie.

JEAN, Palfrenier de Pegase.

L'IMPATIENT, Comedie Françoise.

LE POETE.

NITETIS,
INES, } Tragedies Françoises.

LE PRINCE TRAVESTI, Comedie Italienne.

L'AMI DE TOUT LE MONDE, ou LE PHILANTROPE, Comedie Françoise.

MARIANNE, Tragedie Françoise, sous un habit de Paysane de Bourgogne.

La Scène est sur le Parnasse, auprès de l'Ecurie de Pegase.

LES VACANCES
DU THEATRE,
OPERA COMIQUE.

Le Théatre represente le Parnaße, &
au fond, l'Ecurie de Pegase qui est
attaché en dehors à la porte comme
un Cheval que l'on va étriller.

SCENE PREMIERE.

JEAN, Palfrenier de Pegase. THALIE,
Muse de la Comedie.

JEAN *à part, sans voir Thalie qui se*
promene en rêvant.

QUE fais-tu là, pauvre Jean mon
ami, c'est bien à toi d'aimer une
Muse; morgué souvians-toi que tu
n'es que le Palfrenier de Pegase.
Jarnonbille, au lieu d'étriller cet animal-là, tu
devrois te bian étriller toi-même.

A ij

THALIE *à part, sans voir Jean qui rêve à son tour.*

Allons inventer quelque nouveau Ballet avec ma sœur Terpsicore ; elle doit être bien contente de la part que je lui ai donnée dans mes Fêtes , & Thalie ne sera pas accusée d'y avoir voulu primer sur sa Muse de la Danse … mais que vois-je ? c'est Jean qui médite !

Air : Reveillez-vous.

Hola , Palfrenier de Pegase ….

Il rêve ! Voudroit-il marcher

Dans une poëtique emphase ,

Sur les pas du fameux Cocher ?

JEAN *sans voir Thalie.*
Ah ! morgué, qu'al est belle !
THALIE, *à part.*
Le drolle est amoureux ! quelle heureuse Divinité a fait cette belle conquête-là ?
JEAN, *sans la voir.*
Ah ! Thalie, Thalie, Diesse de mon cœur, c'est vous qui me l'avez écorché avec l'étrille de vos charmes !
THALIE *à part.*
C'est à moi qu'il en veut, oh ! que je vais briller sur le Parnasse !

JEAN, *au branle de Me..*

Jarnonbille de Thalie ,

Ah ! que j'en fis amoureux ,

Al me rend tout langoureux.

J'aurois pourtant bonne envie ….

Morgué, si je la tenois ,

Com , j'l'étril, l'étril, l'étrille ;

Morgué. si je la tenois

Comme je l'étrillerois !

THALIE *à part.*

Je suis curieuse d'entendre une déclaration de Palfrenier , ce n'est pas un goût extraordinaire : demeurons , *à Jean.* Jean , à quoi vous amusez-vous-là ? Que n'étrillez-vous Pegaze , qui est négligé depuis quelque temps, comme un Cheval de fiacre ?

JEAN. Air , *des Rats.*

Gaillarde Thalie ,

Je fis comme un fou :

Je passe ma vie

Comme un loup-garou :

Je ne puis fermer la paupiere ,

Je fais la nuit le train des Chats...

THALIE.

Jean ce font vos rats

Qui font que vous ne dormez guéres.

Jean ce font vos rats

Qui font que vous ne dormez pas.

JEAN.

Oh ! palsanguoy , si ce font des rats, ces rats-là me trottiont ailleurs que dans la çarvelle.

Air : *absent de ma belle.*

Sçavez-vous où juque

Le rat mon vainqueur :

Quand je vous reluque,

Je fens groüiller mon taleri leri lera la la lire,

Je fens groüiller mon cœur.

Il arrête la Mufe qui veut le quitter.

Reftez encore un tantinet. Où voulez-vous aller fi vîte ?

THALIE.

Je vais recevoir la compagnie qui doit arriver aujourd'hui fur le Parnaffe.

JEAN.

Queu compagnie ?

THALIE.

Le Carême finit bien-tôt....

JEAN,

Eh ! bian,

THALIE.

Eh ! bian, tous les Héros de Théatre vont avoir trois femaines de vacances, ils viendront pendant ce temps-fà, fe repofer fur le Parnaffe.

JEAN.

Le public fe repofera itou.

THALIE.

Adieu, Jean. *Elle fort.*

JEAN *fans la regarder.*

Acoutez, dite-moi à la franquette, quand vous ferez en himeur de fredonner avec moy,

Air.

Jean aime Jeanne, Jeanne aime Jean, &c.

Pouë, al eft décampée ! le guieble emporte tous ces Zeros de Thiatre qui font caufe que je pars une bonne occafion de parler à Thalie de mes petites affaires ! Ventrebille, j'étrillerai d'importance tous ceux qui tomberont fous ma patte … Je penfe, morgué, qu'en vla un, repaffons mon étrille.

SCENE DEUXIE'ME.

JEAN, L'IMPATIENT, *en bottes, un fouët à la main & une lettre de l'autre, qu'il lit par intervalles.*

L'IMPATIENT *courant deçà delà.*

OU eft-il ? où eft il ? où eft-il ?

JEAN *à part.*

Qui ? Qui ? Qui donc …..

L'IMPATIENT *fans le voir.*

Où le trouverai-je ? Où le trouverai-je ?

JEAN *fe prefentant.*

Le vla, le vla, le vla.

L'IMPATIENT.

Serviteur l'ami, ferviteur ….

JEAN *l'arrêtant.*

Oh! pargué, tu me débagouleras ton nom.

L'IMPATIENT.

Euh! la pecore qui ne voit pas que je fuis l'Impatient ?

JEAN *à part. Air : tout cela m'eft.*

Ma foi, mon pauvre Impatient,

Je ne ferai pas ton Client :

Dans l'ennuyeufe étourderie

De ton caractere raté,

Il entre de la brufquerie,

Même de la brutalité.

8 *Les Vacances du Théatre,*

L'IMPATIENT *à part.*

Par où irai-je? par là.... par icy ... par là.

JEAN *à part.* Air : *Pierre me conseille.*

Comme un démon il se tourmente!

L'Impatient m'impatiente.

Sans cesse on le voit s'agiter ...

Quelle inquiette maladie!

En place il ne pourroit rester

S'il alloit à la Comedie.

Bon ! le vla parti sans avoir dit ce qu'il vouloit ... oh ! oh ! en voicy un qui me paroît
plus flegmatique !

SCENE TROISIE'ME.

JEAN, un POETE Lyrique.

JEAN *au Poëte qui se promene en se mordant
les doigts,* Air : *lon la.*

Holà, Monsieu le rêveux,
Qui vous rend si songe creux?
Estes-vous amant....

LE POETE.

Non, assurément.

Je me mets à la mode ;

D'Apollon je suis un enfant;

Je risque un essai d'Ode, lon la,

Je risque un essai d'Ode.

JEAN.

Oh ! bian, mon bel enfant, puisqu'enfant y

&, il me semble qu'ous attendez bian tard à vous essayer. Votre Poësie n'est morgué pas précoce, al est de quarante ans au moins pu tardive que la science de Thomas Diafoirus.

LE POETE.

Je vous donne à deviner pour qui j'essaye aujourdhui de composer une Ode ?

JEAN.

C'est peut-être pour queuque bon gros cochon de la Finance ?

LE POETE.

Vous n'y êtes pas.

JEAN. Air : *dirai-je mon.*

Il fait pourtant bon cajoler,

Un Traitant chargé de cuisine ;

Il n'entend mie à débroüiller

L'encens de la terebentine,

Pour des Vers de mince valeur,

Il flanque un billet au porteur.

LE POETE.

Fy.

JEAN.

Comment fy : morgué, j'aimerois mieux moi une lettre de change de six francs que six Odes toutes fraiches ponduës.

LE POETE.

Eh ! fy, vous dis-je.

JEAN.

Oh ! tatigué, fy vous-même ; je vous dis & vous douze, que rien n'est pu aisé & profitabe que de parfumer un partisan bian cossu, il ne ne fait quemeux, & l'an chicane point le parfu

l'y chatoüiller les narines, quand on li baille
de l'encenſoir par le nez.

LE POETE.

Fi pour la troiſiéme fois, ſi, ſi, ſi, ſi.
Apprenez que c'eſt pour un nouriſſon des Mu-
ſes, & mon très-digne Confrere, que j'ouvre
aujourd'hui les tréſors de ma veine poëtique...

JEAN *à part.*

Vla des des treſors qui pourront bian le mener tout ſin droit à l'hôpital.

LE POETE. Air: *des Fraiſes.*

Je prétens donner, Monſieur,

Un très-rare Spectacle :

Dans mon Ode avec chaleur,

Un Auteur loüe un Auteur ...

JEAN.

Miracle, miracle, miracle.

LE POETE.

Ah ! que j'ai choiſi un heureux ſujet pour
faire un panegirique !

JEAN.

Apparemment, Monſieu le Loüangeux, que
l'Auteur que vous flagornez à clabaudé pour
votre ſarvice ?

LE POETE. Air: *morguene de vous*

Bien loin de cela,

Son eſprit cauſtique.

Cent fois m'accabla

De venin ſatirique ...

JEAN.

Morguéne de vous ?
Queul homme, queul homme.

Morguene de vous,

Queul homme êtes-vous.

LE POETE.

Que voulez-vous, j'aime à rendre justice :
c'est ma folie à moy que la justice.

JEAN.

Il faut qu'ous estimais vigoureusement ce
Poëte là !

LE POETE. Air : *belle brune.*

Je l'estime, je l'estime

Tout autant que le public,

Dont la voix est unanime.

Je l'estime, je l'estime !

JEAN.

Mais qui diantre vous a fouré ce biau pro-
jet-là dans la fantaisie ?

LE POETE.

L'Auteur même pour qui ma Muse s'em-
ploye; c'est lui qui corrige les Vers que je fais
à sa loüange; c'est lui qui me soûtient dans
mon travail...

JEAN.

C'est ly qui vous baille la liste de ses par-
fections...

LE POETE.

Oüy.

AIR.

C'est lui qui m'apprend ses vertus ,

C'est lui qui m'encourage ....

JEAN *riant.*

C'est lui qui ment, c'est lui qui ment ...

C'est lui qui m'encourage...

JEAN.

Qui ment.

LE POETE.

C'est lui qui m'encourage.

JEAN. Air : *a la façon de barbari.*

Courage, loüez sans repos

Votre ami le Poëte ;

Je crois, morgué, que le Heros,

Est digne du trompette ;

Cet Ouvrage aura du renom la faridondaine,

Et vous allez être applaudi, biriby,

A la façon de barbari, mon ami.

SCENE QUATRIE'ME.

JEAN, LE PRINCE *travesti en Domino.*

JEAN *à part.*

AI-je donc la barluë ? Il m'est avis que c'est-là un Masque qui viant icy.
Au Prince travesti.
Parlez donc, biau Masque, qui êtes-vous ?

LE PRINCE *travesti.* Air : *lon len la*

Quoi malgré mon déguisemenr,

Tu ne reconnoîs pas, manant ;

Lon lan la derirette.

Le fameux Prince travesti?

Lon lan la deriri.

JEAN.

Tredame, Monsieur le Prince travesti, ne faites pas tant l'olibrius ; je sçavons ici de vos nouvelles.

Air : *lanturlu.*

Votre Mascarade

N'a pas reüssi....

LE PRICE *travesti.*

C'est qu'elqu'Auteur fa de

Qui le pense ainsi,

A mon arrivée....

JEAN.

On a d'abord entendu,

Lanturlu, lanturlu, lanturlu.

LE PRINCE *travesti.*

Ce lourdaut me fait pitié ! Quelle disette d'intelligence !

JEAN.

A propos de quoi vous êtes-vous affublé de cette housse de taffetas... il ne répond rian... Il me fait la grimace... Ah ! morgué, je le tians.... c'est qu'on rajuste encore ses brin-borions.

LE PRINCE *travesti.*

Le sot, il m'affadit !

JEAN. Air : *du branle de Mets.*

D'où viant donc lorsqu'on vous pique,

Que votre esprit finasseux,

Ne répond qu'un mot ou deux ?

LE PRINCE *travesti*

*Le dégoût * est laconique.*

JEAN.

Je n'entens pas ce jargon,

Y me baille la colique.

Je n'entens pas ce jargon,

Et si Je sis bas Breton.

LE PRINCE *travesti.*
Ne trouverai-je jamais que des bas Bretons
sur mon chemin ?
JEAN.
Vous avez un peu fait le Gentilhomme de
Biauce, vous demeuriais au lit pendant qu'on
racomodoit vos chausses.
LE PRINCE *travesti.*
Comment, maraut . . .

JEAN. Air : *lon len la deriri.*

A Paris n'a-t-il pas fallu

Qu'ous ayez trois * fois disparu,

Lon lan la de rirette.

Pendant qu'on retailloit votre habit

Lon lan la deriri.

* Expression censurée de la Comedie du Prince
Travesti.
* * On a interrompu plusieurs fois les réprésen-
tations de cette Comedie pour retoucher le dénou-
ment.

LE PRINCE, *travefti.*

L'infipide plaifant !

JEAN.

En fortant de cheux le Tailleux, vous alliaie
vous panader ful Thiatre.

Air : *Robin turlure.*

Vous penfiais être bian fin ,

Et cacher vos rentraitures ;

Mais d'abord queuque malin,

Turlure.

En rabatoit les coûtures ,

Robin turlure lure.

Comme il détale. Attendez , Monfieur le
Carême prenant, je veux vous mener à la
Friperie.

SCENE CINQUIE'ME.

*NITETIS en Egyptienne , INES groffe
& tenant des enfans par la lifiere , avec
GILLE en Nourice qui en porte un fur fon
dos & un entre fes bras. Il y a deux enfans ha-
billez à la Romaïne & quatre en enfans gris.*

INES à Jean , qui s'en va.

HOla , mon ami , enfeignez-moi où demeu-
re la Sage-Femme des Mufes.... mais
à la Nourice.
il ne m'écoute pas..... au, moins Nourice,
donnez à tetter à ces enfans.

GILLE *en Nourice.*
Mon lait est tourné.

INES *voyant entrer Nitetis.*
Quel discours ! mais quelle heureuse ren-
contre !

Air : griselidis.

Quelle est donc cette Belle,
D'un maintien si mignon ?
Je crois cette pucelle,
L'honneur de son canton.

Aussi je dis
Que cette Demoiselle,
Avec son air Caton
Est Nitetis.

NITETIS.
Cela est vrai, j e suis l'Egyptienne Nitetis.

Air : j'ay fait à ma Maîtresse.

Vous, aimable Princesse,
Taillée en potiron,
Ma foi, votre grossesse
M'instruit de votre nom.
Votre époux est habile,
Et non *ad honores.*
Et ce ventre fertile
Me fait connoître Ines.

INES.
Oüi, ma chere Nitetis, je suis Ines, & vous
me voyez grosse de mon cinquiéme enfant.
NITETIS.

NITETIS.

Dites de votre feptiéme.

INES.

De mon feptiéme !

NITETIS.

Affurement. N'êtes-vous pas accouchée de deux au Fauxbourg faint Germain & de quatre au Fauxbourg faint Laurent ? comptez.

INE'S *tragiquement.*

Hélas ! ma chere, hélas ! je les fais fans compter !

NITETIS.

Cela eft admirable ! les enfans ne vous ont point abattuë ; & vous les avez foûtenus tous à merveille.

INE'S.

Les Medecins du Parnaffe prétendoient pourtant que les enfans m'avoient défigurée ; ils ont avancé bien des *Paradoxes* * à mon occafion ; mais je me fuis moqué de leurs confultations, & en dépit de leurs Ordonnances, j'ay confervé une fanté à l'épreuve des pleurefies de la Canicule & des fluxions de l'hyver.

NITETIS.

Pour moy les Medecins du Parnaffe m'ont fait l'honneur de ne me pas juger digne de leurs attentions, ils n'ont point anatomifé la pauvre Nitetis comme ils ont fait Inés, ils n'ont point écrit de petits Livrets fur mon chapitre, & je ne leur ay caufé aucune dépenfe en papier bleu ; mais j'ai été mon medecin moy-même, j'ai gardé la chambre pendant quelques mois pour facomoder ce qu'il y avoit de vicieux

---

* Les Paradoxes & autres Differtations au fujet d'Inés de Caftro.

B

dans ma conduite * ; j'ay pris des cordiaux
pour réparer le feu qui me manquoit.

I N E'S.

Eh bien ! ma chere Nitetis ?

N I T E T I S.

Eh bien ! mes soins ont trompé mon atten-
te, j'ai reconnu qu'on n'entendoit rien à se
médicamenter soy-même ; on se ménage trop.

Air ; *reveillez-vous.*

Je n'ay pas été fort contente

Lorsqu'en public j'ai reparu,

Il m'a trouvé plus languissante

Que le premier jour qu'il m'a vu.

Hélas ! on n'aime plus les caracteres raiso-
nables ! nous en sommes vous & moy deux
preuves éclatantes.

I N E'S *hochant la tête.*

Hom , Mademoiselle Nitetis !

N I T E T I S *du même ton.*

Madame Inés !

I N E'S. Air : *lerela.*

Hélas ! comment auriez-vous plû,

Quand vous regorgez de vertu ?

N I T E T I S.

Pour vous, vous n'en regorgez gueres.

* On a travaillé à cette Tragedie avant sa re-
prise.

A DEUX * *se montrant les points.*

Lere la lere lanla
Lere la lere lanla.

* Jean arrive & les écoute.

SCENE SIXIE'ME.

INE'S & *ses enfans.* NITETIS, JEAN.

JEAN *à part.*

JE crois, mortnonbille, que vla deux Princesses qui vont se tignoner : ne troublons
pas leurs plaisirs.

INE'S *à Nitetis d'un ton ironique.*

Air : *c'est dans ces lieux que regne l'innocence.*

C'est dans vos vers que regne l'innocence,

NITETIS *à Inés.*

Dans vôtre prose on trouve la licence.

JEAN.

Vous pensez là comme le public pense.

INE'S *à Nitetis.*

Ah ! vous avez bon aire !
Ah ! vous avez bon aire !

B ij

Ah ! vous avez bon aire !

Avec vos grands mots !

NITETIS.

Ah ! vous avez bon aire !

Ah ! vous avez bon aire !

Ah ! vous avez bon aire !

Avec vos marmots !

INE'S *la menaçant.*
Sçavez-vous bien, sermoneuse Nitetis, que je
reffafferay votre morale.
NITETIS.
Sçavez-vous bien, prolifique Inés, que je vous
feray faire une fauffe couche * . . .

INE'S. Air , *ramonez-cy.*

La plaifante Marjolaine. . .

NITETIS.

Je creverai ta bedaine . . . *

JEAN.

Allons, ne vous laffez pas ;

Ramonez-cy , ramonez la , la la la

La cheminée du haut en bas, *

* Elles fe battent, la nourice veut les féparer, &
tous les enfans fe mettent à crier.
* Elles fe rebattent.
* Nitetis s'enfuit, Inés, la Nourice & les enfans
la fuivent en criant.

JEAN *seul. Air : au reguingué.*

Quoy donc! la pauvre Nitetis
Fait icy comme dans Paris!
O reguingué! ô lon lan la.
Al n'est morgué pas la pu forte;
Drés qu'Inés viant, faut qu'alle forte.

Apercevant l'amy de tout le monde.

Bon bon, voilà Jocrisse en propre original!

SCENE SEPTIE'ME.

JEAN, LE PHILANTROPE,
ou l'ami de tout le monde.

JEAN.

S Ans doute, mon ami, vous vous appellés
Nicodeme.

LE PHILANTROPE *niaisement.*

Oh! non; je m'appelle le Philantrope...

JEAN.

Le Misantrope! on parle fort bien de vous
icy.

LE PHILANTROPE.

C'est le Philantrope que je vous dis & non
pas le Misantrope... Diantre! il y a bian de
la difference.

JEAN *le contrefaisant.*

Oh! je le comprens bian, *Cadet, allez-vous
au bois?*

LE PHILANTROPE.

Air : reveillez-vous.

Pour moy je n'ay qu'une ame ronde,
De mon prochain je fais grand cas,
Je suis l'ami de tout le monde...

JEAN.

Vous avez fait bian des ingrats.

En prose.

Dites moy un peu, Monsieu l'ami de tout
le monde, estes-vous marié par hazard ?
LE PHILANTROPE, *riant.*
Ouy, j'ay une femme qui me fait enrager.
JEAN.
Alle n'est donc pas aussi amie de tout le
monde...
LE PHILANTROPE, *riant.*
Bon, elle n'aime pas même son mary.
JEAN.
Vla qu'est bian étonant !

A part. Air : l'amour, la nuit & le jour.

Qu'il est benin & doux !
Quel maintien débonnaire !

Au Philantrope.

N'auriez-vous point chez vous
Un tendron prest à faire

L'amour,
La nuit & le jour?

LE PHILANTROPE.
Ouy, j'ai un beau brin de fille à marier.

JEAN. Air : *mon mary eſt à la taverne.*

Si l'on vous propoſoit pour gendre
Un avâre? y tauperiez-vous ?*

LE PHILANTROPE.

Ouy.

JEAN.

Mais n'aimeriez-vous mieux pas prendre
Un liberal pour ſon époux?

LE PHILANTROPE.

Ouy.

JEAN.

Il eſt de bon accord, le Sire !
Talalerita lalerita lalerire
Talalerita lalerita lalerire.

LE PHILANTROPE, *riant.*
Ouy, je trouve tout bon, moy, je trouve
tout bon juſqu'à ma femme.

* L'amy de tout le monde acceptoit tous les Gen-
dres qu'on lui propoſoit.

JEAN.

Revenons à votre gendre.

Air : *par bonheur ou par malheur.*

Voulez-vous un jeune, un vieux,
Un modeste, un glorieux,
Un Sergent, un Capitaine,
Un Marchand, un Procureur,
Un Greffier, un Tirelaine,
Un Marguillier, un Danseur ?

LE PHILANTROPE.

Ouy, ouy, ouy.

JEAN. Air : *la femme à tretous.*

Tu veux donc que ta fille
Bon homme, soit la femme à tretous ?
Tu veux donc que ta fille
Soit à Tretin treti, soit à Tretin tretous,
Soit la femme à tretous.

LE PHILANTROPE.

Ouy, ouy, ouy.

JEAN. Air : *Jean Gille.*

Toûjours ouy ! quel imbecille !
Jean gille, gille joly jean !

Pour une fille nubile,
Jean gille, gille joly jean,
Joly jean, jean gille,
Quel papa charmant!

LE PHILANTROPE *repete en sautant.*

Jean gille, gille joly jean,
Joly jean, jean gille,
Quel papa charmant.

JEAN *hauſſant les épaules.*

Air : *Tu croiois en aimant, Colette.*

Cet homme là n'eſt qu'une poule!
Je gagerois plus d'un douzain
Que lorſque ſon valet ſe ſoule,
Il va lui preſenter la main.

LE PHILANTROPE.

Gagez hardiment, gagez, gagez.

JEAN. Air : *n'y a pas de mal à ça.*

Oh! qu'eulle bonne ame!
Ce benais rira
Le jour que ſa femme
Le cocufiera.

LE PHILANTROPE.

Ni à pas de mal à ça.

Ni a pas de mal à ça. *

JEAN *seul. Air : lere la.*

Morguoy, je fis bian étoné,

De ce que Paris l'a barné,

Avec un si bon caractere !

Lere la, lere lan la,

Lere la, lere lan la.

* Il sort.

SCENE HUITIE'ME.

JEAN, MARIANNE.

MARIANNE *pleurant.*

AH ! ah ! ah ! ah !

JEAN *à part.*

Cette pleureuse - là ne peut pas être de ces Princesses qu'attend ma chere Thalie ! Hola, Madame la défolée, pourquoy ces lamentations ?

MARIANNE.

Ah ! ah ! ah ! si vous saviez tous les malheurs de la pauvre Marianne... mais ils font peu connus ! Son avanture, quoyque tragique, n'a pas fait grand bruit dans le monde ; elle

ne l'a occupé au plus que sur la fin * d'un jour.
On n'a pas été curieux de renouveller le recit
de mes douleurs.

JEAN.

Oh ! moy, je fis curieux comme un barbier.
Aprenez-moy vos afflictions.

MARIANNE. Air : *dirai-je, &c.*

Je suis femme d'un Bourguignon,

Etabli non loin de la Seine ;

Et c'est un vieux porte-guignon

Qui sans cesse jure & déguaine,

Il a le cerveau démonté. . .

JEAN.

Ce portrait là n'est pas flatté.

En prose

Queul est le métier de ce cher petit mary,
qu'ous pinturés si agriabement ?

MARIANNE.

Il est le Concierge d'un des plus beaux Châteaux de la Bourgogne, & c'est un poste que
le malheureux a dérobé à ma famille par des
crimes dignes de la potence.

JEAN.

A ce que j'entens, Monsieur le Concierge n'a
pas passé tout son temps à nettoyer les meubles
du Château !

* La Tragedie de Marianne n'a été jouée qu'une fois.

MARIANNE.

Avant que d'être Concierge, il a mené une terrible vie.

Air : *tout cela m'eft indifferent.*

C'étoit un maudit braconier ,

Qui tuoit plus que du gibier ;

Il m'a deffait de plus d'un frere ,

Son couteau dans des bois couverts

A percé mon oncle & mon pere...

JEAN.

C'eft qu'il les prenoit pour des Cerfs.

MARIANNE.

Vous jugez-bien que ces façons-là ne me convenoient pas.

JEAN.

Eh ! pourquoy ? elles vous procuroient fouvent des fucceffions.

MARIANNE.

La paix du ménage fut alterée, l'aigreur dicta nos difcours.

Air : *dans la concurrence.*

Mon époux avec chagrin ,

Blâmoit mes manieres ;

Il trouvoit mon air hautain ,

Mes réponfes fieres.

Mais ce qui l'a plus matté,

C'est de se croire infecté

Par le cocuage,

Quoyque je fois fage.

JEAN *hochant la tête.*

Hom ! Madame Marianne, Monfieur le Concierge n'est peut-être pas fi vifionaire que vous le dites !

MARIANNE.

Ma vertu flaire comme beaume &...

JEAN.

Laiffez-là votre beaume, & me dites bonnement comment vous guériffiais la jaloufie de votre vieux époux ; comment lui répondiais-vous quand il vous accufoit d'avoir fraudé les droits du mariage.

MARIANNE *récite ce vers en commere.*

* *Je ne puis vous aimer, Seigneur, je le confeffe...*

JEAN. Air : *leré la.*

Vous luy répondites cela ?

MARIANNE.

Ouy, mot pour mot.

JEAN.

Morgué ! voilà,

Des époufes la plus fincere

* Vers de la Tragedie.

Lere la , lere lan la,

Lere la , lere lan la.

Allons pourſuivez votre hiſtoire.

MARIANNE.

On voulut dépoſſeder mon vieux époux de
ſon employ, il fut obligé de ſe rendre à Dijon,
capitale de notre Province , pour ſolliciter le
Seigneur dont nous dépendons, qui y fait ſa
réſidence : pendant ce temps-là. . .

JEAN.

Vous fîtes profiter ſon abſence au denier
quatre, n'eſt-ce pas ?

MARIANNE.

Je formai le judicieux projet de planter là
mon ménage & de me ſouſtraire à la violence
de mon jaloux.

JEAN *ſautant & chantant.*

La bonne aventure ô gay !

La bonne aventure !

MARIANNE.

Je m'addreſſay au Capitaine des chaſſes du
Seigneur du village. Ce Capitaine eſt un jeune
picard bien fait. . .

JEAN *chante.*

Ahie , ahie , Jeannette,

Jeannette , ahie , ahie , ahie.

MARIANNE.

Il m'offrit d'abord de me faire conduire à
Paris par un Garde-chasse & de m'embarquer
sur le Coche d'Auxerre...

JEAN *chante.*

Et vogue la galere tant qu'elle,

Tant qu'elle, tant qu'elle,

Et vogue la galere

Tant qu'elle pourra voguer.

MARIANNE.

Mais tandis que je m'inquietois sur les me-
sures que je prendrois à Paris pour me faire sé-
parer de corps & de biens d'avec mon vieux
mary.

Air : *à la façon de barbary.*

Le Capitaine coupant court,

A ce dont je m'informe,

Quoyqu'il dût cacher son amour

Me le déclare en forme...

JEAN.

Oh ! la forme emporte le fond

La faridondaine, la faridondon.

MARIANNE.

Ce temps-là n'est-il pas choisi ? biriby

A la façon de barbary, mon amy.

JEAN. Air : *landerirette.*

Prés d'une femme un vert galand
Peut-il mieux s'adreſſer que quand landeri-
   rette,
Elle eſt mal avec ſon mari landeriri.

MARIANNE.

Oh ! vous ne connoiſſez pas mon amant
Picard.

Air : *Zon, zon, zon, liſette.*

Bien loin de m'outrager,
Par ſon tendre martire,
Il * vouloit me vanger,
Et non pas me ſéduire.

En proſe

Ce ſont ſes propres paroles que je vous ré-
pete-là.

JEAN.

Et zon, zon, zon,
Cela lui plaît à dire ;
Et zon, zon, zon,
Ou c'eſt un ſot garçon

MARIANNE.

Voici l'endroit touchant de mon hiſtoire.
Comme je balançois ſi je devois partir ou non;

* Vers de la Tragedie.

                                   mon

mon mary arriva de Dijon avec un ordre au Capitaine des chaſſes de le rétablir dans ſon poſte de Concierge. Il avoit long-temps attendu l'audience du Seigneur, diſtrait par la quantité de ſes affaires.

Air : *quand on a prononcé.*

Car il a des Châteaux bien plus d'une douzaine,

De Vaſſaux, de Fermiers ſon antichambre eſt pleine,

Et l'on ne peut chez lui tant ſon monde eſt confus,

Diſtinguer ∗ *dans la foule un Concierge de plus.*

En proſe.

C'eſt l'expreſſion dont s'eſt ſervi mon époux avec colere à ſon retour.

JEAN.

Laiſſons-là les converſations.

MARIANNE.

Si on les ſupprime dans mon aventure, nous arriverons bien-tôt au dénoüement.

JEAN.

Tenez, j'ay une carogne de belle ſœur qui ne vaut pas le diable ; à peine mon mary eut-il ôté ſes gueſtres à ſon retour de Dijon, qu'elle alla lui rapporter que pendant ſon abſence je n'avois fait que chanter.

∗ Vers de la Tragedie, en mettant Monarque au lieu de Concierge.

C

A I R.

Qui veut, oüi, qui veut favoir,

Comment ces vieillards aiment,

Ce font de fi vilaines gens,

Ce font de fi caduques gens,

Qui toûjours font ainfi. *

Maudit celui qui n'en rira,

Et qui ne s'en rigole, rigole,

Maudit celui qui n'en rira,

Et qui ne s'en rigolera.

JEAN.

Je penfe qu'il ne fe foucia pas d'aprendre cette chanfon là.

MARIANNE.

Elle lui dit de plus, que j'avois voulu me fau‑ver fur le Coche d'Auxerre par l'entremife du Capitaine des Chaffes...

JEAN.

Voicy bian une autre chanfon.

Air : *des fraifes.*

Morgué cette fuite-là

Paffoit un peu les bornes ;

Votre époux après cela ,

N'eut pas tort quand il réva ,

Des cornes, des cornes, des cornes.

* Elle fe mouche, touffe & crache.

Vla bien du commerage ! finalement qu'a fait Monſieur le Concierge après tous ces biaux raports là !

MARIANNE.

Oh ! il a fait de belle beſogne ! toûjours obéiſſant à ma belle ſœur qui le mene par le nez , il m'envoya par un payſan du Château un verre de vin , où il avoit détrempé de la mort aux Rats.

Air : *Pierre Bagnolet.*

En femme bien obéiſſante ,

J'allois avaler ce poiſon ;

Lorſque plus d'un voix perçante ,

Cria comme on fait au larron :

La Reine boit *

La Reine boit ;

A cette chanſon inſultante ,

Je vis fort bien qu'on me bernoit.

Je jettay de dépit la taſſe à terre , & je fis bien. Louvet mon chien qui eſt un peu yvrogne , vint lécher le plancher , & tomba par terre à mes pieds. Auſſi-tôt je m'éclipſay & m'éclipſay ſi-bien , qu'on n'a pas entendu parler de moy depuis ni à Dijon ni à Paris.

JEAN.

Eſt-ce là tout votre *Factum ?*

MARIANNE.

Ouy.

* Quand Marianne porta la Coupe de poiſon à ſa bouche, le parterre cria, *la Reine boit.*

JEAN.

Vous pardrés donc votre procès devant le public ; car à ne vous point flatter, vous n'avez pas été droit en besogne , & l'an vous connoit bian , quoyqu'an ne vous ait pas vûé long-temps !

Air : *je suis fils d'Ulisse,* moy.

Vous affectez, petite Marianne,

De la simplicité ;

Et cependant je sçais qu'on vous condamne,

Pour la duplicité :

Ouy, e le sçais de gens qui n'ont l'œuil trou-
ble ,

Qué vous étiez double * vous,

Qué vous étiez double.

MARIANNE.

De grace , ne me tarabustez pas, je l'ay assez été.

JEAN.

Tout franc, vous le meritiez bian , & la poudre d'escampette qu'ous avez voulu pren-dre sur le Coche d'Auxerre par la manigan-ce de votre jeune Capitaine des Chasses, qui pourtant , à ce qu'ous dites , ne songeoit pas à tirer sur vos terres, est une tache d'huile sur l'étamine de votre vartu … Morgué ! il y a du verreux dans votre panier…

* On prit le double par tout à la Comédie Françoise le jour de la representation de Marianne.

Air : *sans deſſus deſſous.*

Vous avez tres-certainement,

Pu d'eſprit que de jugement ;

Vous avez conduit votre affaire,

Sans deſſus deſſous, ſans devant derriere,

Tant le Capitaine que vous,

Sans devant derriere, ſans deſſus deſſous.

SCENE NEUVIE'ME.

JEAN, THALIE.

JEAN.

Soyez la bian revenuë : ventrebille, j'ai bian étrillé du monde depis votre départ ...

THALIE.

On m'en a fait des plaintes ; je n'approuve point votre procedé ; il faut être plus honnête, mais heureuſement, vos diſcours ne tirent point à conſequence, & il ſeroit ridicule de prendre garde aux plaiſanteries d'un homme comme vous .... Mais je ne ſçai pourquoi nous ne voyons pas paroître ici les Anonimes. *

JEAN. Air : *or écoutez, petits & grands.*

Si les Anonimes venoient,

Comme nos oiſiaux ſiffleroient !

* Piece qui a été ſuperlativement mal reçuë à la Comedie Italienne & joüée une demi fois.

Oh ! pour vergeter leur mandille,

Ce seroit peu de mon étrille !

Il faudroit pour les nettoyer,

Tout au moins ma fourche à fumier.

THALIE.

Encore. Sçais-tu bien qu'attaquer les Anonimes, c'est battre à terre, & cela n'est pas
genereux.

JEAN.

Eh ! la , la , Mameselle Thalie , ne me cha-
pitrez pas tant. Si ces Monsieus & ces Mada-
mes des Tiatres sont fâchez.

THALIE.

Paix , les voilà qui viennent.

JEAN.

Eh bian ! pour les apaiser , je vais leur bail-
ler le petit régal d'un petit divertissement que
j'avois fait faire pour vous à un Vieleux du
Parnasse... Eh ! pargé , le vla avec sa bande.

SCENE DIXIE'ME.

DIVERTISSEMENT.

Tous les Acteurs qui ont paru, LE VIELEUX, DANCEURS, *moitié en Palfreniers, & moitié en Marchans d'eau de vie.* DANCEUSES *en payfannes.*

VAUDEVILLE.

JEAN.

SI la biauté que j'e guette
Vouloit bian me tapoter ;
Et de fa main tendrelette,
Par cy , par là me frotter ;
   Jarnonbille !
   La le ra la ,
  La douce étrille !
  Que j'aurois là !

UN PAYSAN.

Quand je vais avec Claudeine,
Boire en Tirelarigot ;
On me vend dix fous chopeine
Du vin à cinq fous le pot ;
   Jarnonbille !
   La le ra la ,

La rude étrille !
Que c'est là.

NITETIS.

Je connois un vieux Corsaire,
D'un vieux habit noir vétu ;
De qui la main mercenaire,
Prête à cent sous par écu.
Jarnonbille !
La le ra la,
La rude étrille !
Que c'est là.

INES.

L'autre jour à la sourdine,
Je ne sçais ce que faisoient,
Et Jaquet & Jaqueline ;
Mais j'entendis qu'ils disoient :
Jarnonbille !
La le ra la,
La douce étrille !
Que voilà.

L'AMI DE TOUT LE MONDE.

Aux Spectateurs.

Messieurs votre goût severe,
Souvent nous daigne étriller ;
Mais lorsque l'on peut vous plaire,
Que l'on se sent chatouiller !

Jarnonbille !

La le ra la ,

La douce étrille !

Que c'est là.

F I N.

APPROBATION

Je souſſigné, Maître ès Arts en l'Univerſité de Paris, ai lû par ordre de Monſieur le Lieutenant General de Police, un manuſcrit qui a pour titre : *Les Vacances du Théatre*, dont on peut permettre l'impreſſion. A Paris ce 17 Avril 1724.

PASSART.

PERMISSION.

Permis d'imprimer. A Paris ce 18 Avril 1724.

DOMBREVAL.